AF295992

ESSAIS

SUR LES

THÉATRES DE PROVINCE

PAR M. MALLIOT.

ANCIENNE PROSPÉRITÉ DES THÉATRES DE LA PROVINCE.

Autrefois, en voyait des directeurs se retirer des affaires avec une aisance convenable, après douze ou quinze ans d'exercice honorable.

Aujourd'hui, ils font tout le contraire, et, soyons justes, il n'y a pas toujours de leur faute.

Que jouait-on donc autrefois de si attrayant pour obtenir la présence du public ?

Quelles pièces parvenaient à plaire à nos pères ?

Étaient-ils plus amateurs que nous ne le sommes ?

Étaient-ils moins difficiles ?

Toutes ces questions sont sans cesse soulevées, controversées, et la conclusion de tous les hommes de bon sens est qu'il faudrait, en fait de théâtre, allier les chefs-d'œuvre de tous les temps avec le progrès, qui marche toujours.

Revenons aux anciennes coutumes de spectacles :

En fait de pièces attrayantes, on jouait tout bonnement Molière, Corneille, Racine et les auteurs vivans. De plus, nos pères étaient, croyons-le, plus réellement amateurs que nous des pièces littéraires. Ils se lassaient moins vite de ces chefs-d'œuvre qu'ils savaient par cœur et qu'ils voyaient jouer cependant tous les jours avec plaisir.

Ils étaient aussi pieux, aussi sages que nous le sommes, et leur pruderie n'allait pas jusqu'à trouver Molière inconvenant. Ils oubliaient promptement quelques expressions, un peu crues en compensation de la profondeur philosophique et morale des œuvres du grand poëte.

Ils n'avaient pas encore dit : Racine est un *polisson*, et ils n'avaient pas déclaré Corneille impossible à jouer, attendu qu'il est trop beau ! -

Les plaisirs de nos pères, au théâtre, se bornaient là, sous le point de vue dramatique.

Combien nous sommes changés, et que ne faut-il pas aujourd'hui pour nous faire passer une agréable soirée au spectacle ! Cependant, il y a progrès scénique, cela nous semble incontestable ; mais l'amour des péripéties théâtrales a gâté la pureté de notre goût ; il nous a fait oublier trop facilement les auteurs qui ont bien écrit sur le cœur humain.

Nos pères avaient leurs travers probablement, ainsi que nous avons les nôtres. Cependant, n'est-il point permis de croire qu'ils étaient plus respectueux vis à vis des auteurs morts, tout en aimant les vivans, et ne serait-ce point à ce double amour qu'il faut attribuer ce besoin qu'ils avaient d'un répertoire immense, première source de prospérité, pour les théâtres de la province, où le public ne se renouvelle pas comme à Paris ?

Quant à la musique, s'ils se délectaient aux opéras de Grétry, de Dalayrac, de Boïeldieu, on se tromperait beaucoup en leur refusant le goût de la musique dramatique. Ils étaient admirateurs de Gluck, de Méhul, de Spontini, et ils ne criaient pas au scandale, comme on se l'imagine vulgairement aujourd'hui, quand les trombonnes tonnaient dans l'orchestre.

Ils aimaient le théâtre ; ils exigeaient un répertoire trèsvarié, et cette condition non remplie par un artiste, l'artiste n'était pas engagé par le directeur. En outre, disons-le franchement, ils faisaient du théâtre un lieu de réunion de chaque soir ; ils n'y venaient pas toujours, il est vrai, pour le seul plaisir du spectacle : ils y traitaient un peu des affaires dans les entr'actes ; parfois même, ils en faisaient pendant la durée des pièces. Ce n'était pas trèsartistique, soit ; mais c'était encore bien préférable à l'absence.

Les théâtres se maintinrent en province jusqu'à 1830, époque à laquelle prirent naissance les divers maux qui devaient les tuer un jour.

DÉCADENCE DES THÉATRES.

Nous n'avons pas l'intention de mêler la moindre politique à notre travail présent. Cependant il nous est impossible de ne point tirer des révolutions les résultats qui en découlent pour les arts.

La révolution de juillet 1830 changea évidemment la nature des sommités sociales en France. La noblesse dispa-
rut pour faire place à l'avénement de la haute bourgeoisie.
La noblesse bouda; mais nul doute qu'elle fût revenue
partager les plaisirs communs, si on ne les leur eût ren-
dus impossibles.

En effet, les pièces de circonstances politiques firent
invasion, l'ancien régime y fut fort maltraité ; il se retira ,
c'était tout naturel.

Vers la même époque parurent aussi les pièces *historico-
politiques* de toutes les couleurs, mettant en scène les
têtes contemporaines les plus illustres, et plaçant dans
leur bouche un langage boursoufflé et menteur qu'elles
n'avaient jamais tenu ; comme accessoires et haut goût
philosophique , il était de rigueur de poser toutes les ver-
tus en bas et tous les vices en haut de l'échelle sociale ,
composée par les divers personnages paraissant dans ces
pièces sans nom.

Devant ces exagérations, les nouvelles sommités , qui
étaient alors formées par les classes riches, se retirèrent
moins instantanément peut-être que ne l'avait fait la noblesse ; néanmoins peu à peu elles disparurent.

Nous croyons , en conscience, que les pièces de toute
actualité politique devraient pour toujours être bannies
d'un théâtre qui , en somme, est ouvert pour tous.

En outre des œuvres ci-dessus, on fit aussi des pièces
dites *pièces-tableaux* de mœurs, et quelles mœurs choi-
sissait-on ? souvent c'étaient celles du bagne, des filous de
Paris et des assassins. Il est vrai que d'ordinaire cela finis-
sait aussi moralement que les contes de fées. La vertu était
récompensée, le méchant puni. Seulement il avait fallu voir
défiler l'immense cortége des vices de toute nature.

, A Paris , ces exhibitions eurent peu d'influence sur la
désertion des salles de spectacle : le nombre des théâtres
y est si considérable et leur genre tellement différent, que
le public pouvait choisir. D'ailleurs, les théâtres subventionnés restaient ce qu'ils devaient être, et l'on pouvait encore aller au Théâtre-Français, à l'Opéra , à l'Opéra-Comique , aux Italiens.

En province, il n'en pouvait être de même : le plus souvent, il n'y a qu'un théâtre ; lorsqu'il y en a deux , il est
bien rare que l'on en consacre un aux pièces choisies, le
plus souvent tout est mêlé.

On joua donc force pièces politiques de tous les partis ;
on les blessa tous. On y joignit les tableaux de mœurs dont
nous avons parlé plus haut , et les familles dont le goût
avait jusque-là résisté prirent le parti définitif de rester
dans leurs maisons.

Voilà donc en province les habitués qui garnissaient d'ordinaire les premières places , perdant la coutume du spectacle et n'y allant que rarement et à très-bon escient.

Que faire en province sans spectacle ? On forma des cercles , on donna des soirées, on fit de la musique en famille, et adieu les théâtres !

Ce commencement de décadence fut néanmoins médiocrement remarqué , car parmi ce tohu-bohu dramatique , il avait surgi quelques heureux ouvrages. L'émotion y était toujours vivement stimulée par les péripéties les plus fortes réunies et combinées souvent avec talent. On oublia alors le côté de l'art véritable en faveur des saisissemens éprouvés.

C'en était assez pour satisfaire un auditoire qui ne faisait plus du spectacle une habitude de chaque jour.

On venait donc parfois encore au théâtre.

Mais le principal attrait, le plus puissant charme de cette époque , celui qui , s'il ne ramena pas complètement les habitudes théâtrales, y attira néanmoins la foule, fut l'avénement des grands-opéras du nouveau répertoire.

Robert , les *Huguenots*, la *Juive*, étaient alors montés sur nos scènes avec une magnificence toute nouvelle. Ces ouvrages réunissaient tant de beautés, tant de conditions de succès, qu'ils en obtinrent d'immenses ; si immenses même que directeurs et artistes ne songèrent plus à autre chose ; ils oublièrent les anciens ouvrages et n'en apprirent que peu ou point de nouveaux.

On a souvent dit que la venue de ces chefs-d'œuvre avait été la cause première de la ruine des théâtres de la province. Nous ne saurions partager cette appréciation , qui nous semble rétrograde.

Ces ouvrages sont fils du progrès et du génie, ils méritaient qu'on leur fît fête. On pourrait peut-être émettre le vœu qu'ils fussent moins longs, afin d'éviter une trop grande fatigue aux chanteurs et une trop longue attention aux auditeurs. Mais au point de vue de l'art lyrique , ces œuvres sont évidemment les derniers jalons plantés jusqu'à ce jour dans la carrière de progrès du lyrisme théâtral. Ils ont été, ils sont l'objet de la plus complète admiration ; cette admiration, ils l'exciteront bien longtemps encore après que notre génération aura passé , parce que ce qui est beau le sera toujours. L'on ne saurait donc imputer à ces magnifiques chefs-d'œuvre la ruine des théâtres de la province. Ils ont, au contraire, combattu et retardé cette ruine, qui n'est réellement venue dans toute sa force qu'après qu'ils ont eu rempli la première période de leur carrière vis à vis de nous tous, qui les savons par cœur.

Les théâtres vivaient donc par ces seuls ouvrages lorsque parut Duprez avec sa voix et son supérieur talent. Il joua *Guillaume Tell*, et à l'aide de moyens qui lui étaient propres, il présenta le beau rôle d'Arnold sous un jour tout nouveau, en résultat d'une école vocale non pratiquée encore par les chanteurs français ; il fit apprécier par les masses cette sublime musique qu'on n'avait pas assez entendue, et ouvrit par là un nouveau filon à exploiter.

Vinrent conjointement la traduction de *Lucie* et la *Favorite*. Ces nouveaux ouvrages augmentèrent le répertoire si beau, il est vrai, mais si peu varié du Grand-Opéra.

Le public, sans se lasser d'admirer ces œuvres qu'il chérissait, devint cependant peu à peu plus difficile pour leur exécution. C'était tout simple, il les savait par cœur, et il lui fallait de la nouveauté ; on ne lui en donnait pas, il la chercha dans les exécutans.

Les chanteurs qui, d'autre part, étaient payés fort cher alors, mirent tous leurs efforts à trouver du nouveau demandé ; ne pouvant pas facilement atteindre la profondeur de l'expression vraie qui émeut toujours et que possédait si bien Duprez, qu'ils cherchaient tous à imiter, ils prirent le parti, sans s'en douter peut-être ou sans pouvoir faire mieux, de chanter fort. Ils avaient mal compris le maître qu'ils s'étaient proposé pour modèle.

Le public, pour qui la sonorité vocale poussée si loin était chose nouvelle, s'en enthousiasma d'abord ; il se passionna même pour ce genre.

Dès qu'il ne s'agit plus que de fournir de la voix, les chanteurs se turent, et l'on vit apparaître, en province, une collection d'énergumènes, lesquels firent de nos scènes d'opéra une arène où l'on exécutait des luttes de musculaires vocales très-étranges, mais qui n'inspiraient, hélas ! en fin de compte, qu'une grande pitié pour la poitrine des athlètes qui s'y livraient.

Dans ces boursoufflures, il y avait un peu de la faute des chanteurs, beaucoup de celle du public qui stimulait trop facilement ces excès fâcheux et ne récompensait que trop faiblement les artistes qui avaient le courage de faire mieux.

La satiété corrigea le public de son goût erroné. Il redemanda des chanteurs et du répertoire.— Trop tard, il n'y avait plus ni l'un ni l'autre. Les anciens chanteurs étaient devenus trop anciens; les nouveaux étaient anéantis, d'ailleurs ils ne savaient que quelques rôles. Quant aux anciennes pépinières, il n'en restait qu'une, le conservatoire.

Les maîtrises, la chapelle royale et l'école Choron avaient été anéanties ou supprimées depuis longtemps.

Plus rien !

Pour ramener les recettes qui allaient toujours en

décroissant, on eut recours à toute espèce de spectacle.

Un jour, c'était l'homme aux bêtes féroces qui se montrait en leur terrible compagnie. Une autre fois, c'était une société d'Arabes sautant dans des cerceaux hérissés de baïonnettes. Spectacle émouvant, il est vrai, mais peu littéraire.

Enfin ici, à Rouen, un artiste fut obligé de plaider avec son directeur pour ne pas jouer la comédie avec un éléphant.

Les tribunaux donnèrent gain de cause à l'artiste.

A bout de tout, on voulut revenir au vrai système du théâtre en province, qui consiste, nous le dirons sans cesse, à varier considérablement le répertoire.

Ce fut en vain. La remise en scène des ouvrages qui n'eussent jamais dû cesser d'y demeurer, prenait trop de temps, et la fin des années arrivait, alors seulement que ce répertoire tant désiré avait quelque valeur; puis on se séparait, et, l'année suivante, c'était à recommencer.

Plus de chanteurs, peu de comédiens, lassitude d'entendre toujours trois ou quatre mêmes pièces, impossibilité de jouer le répertoire de l'opéra-comique ancien et moderne, disette de variété; le vide se fit.

C'est ainsi, cependant, que l'on a marché jusqu'à ce jour, et, de suppression en suppression, de diminution en diminution, on en est arrivé à pouvoir obtenir le privilége à Rouen, par exemple, sans être tenu à donner l'opéra pendant l'hiver.

Il est vrai que, comme fiche de consolation, on nous a offert un jour, comme superfétation gracieuse, une représentation de la *Favorite* avec *un piano*, un quatuor et une flute!

Et ce public rouennais, jadis si jaloux de sa prépondérance artistique, s'est montré dédaigneux à cette profanation, tant son indifférence est devenue complète aujourd'hui.

Cette année on nous dit qu'il y a grande amélioration, attendu que l'on nous fait entendre des ouvertures. Nous ne saurions admettre ce plaisant paradoxe, qui tend à conclure que, de ce que l'on a joué un opéra sans orchestre et sans ouverture, il y a progrès à donner des ouvertures sans opéra. C'est une mutilation de plus, principalement à l'égard des ouvrages qui n'ont pas encore été entendus à Rouen.

C'est déflorer des œuvres, que d'en offrir ainsi les préfaces isolées. Si l'on n'a que le pouvoir ou que la volonté de faire de la musique instrumentale, il serait mieux de jouer des symphonies; mais que l'on laisse en repos ces ouver-

tures d'opéras qu'on ne nous fait point entendre , et qui ne
font que mieux ressortir la pauvreté de notre scène musi-
cale, scène qui , tout en ne faisant point ou que peu de
musique , a néanmoins le droit de prélever un cinquième
sur les recettes brutes de tous les concerts pouvant être
donnés en ville. Ce qui signifie, en termes plus nets, ne pas
faire, et prélever sur ceux qui font.

Toutes ces choses sont graves ; mais nous croyons rem-
plir le désir exprimé par la circulaire du ministre sur les
théâtres , en traçant un tableau fidèle de ce qui est depuis
longtemps.

Faut-il blâmer les directeurs qui pratiquent tout ce que
nous venons de décrire ? Nous ne savons trop en vérité ,
car ils nous répondraient : Nous espérions obtenir plus
d'argent en agissant de la sorte ; nous avons le privilége à
nos risques et périls ; nous marchons selon qu'il parait
profitable à notre entreprise. Si vous voulez que nous vous
offrions mieux , donnez-nous une subvention !

Voilà le grand mot lâché. Une subvention !

Eh ! que ferait-elle en pareil état de choses ? De quelle
valeur énorme la faudrait-il , pour combler les immenses
déficits de chaque année ?

Ce n'est pas seulement une subvention qu'il faut.

Seule, elle serait impuissante.

C'est une réorganisation générale , complète , partant
d'un même principe pour toutes les principales villes de
province, avec les modifications nécessaires à chacune ,
selon ses ressources et sa population. Mais, encore une
fois, une subvention en l'état présent ne relèverait pas di-
gnement les théâtres. Quand nous disons l'état présent,
nous laissons de côté toute intention de personnalité : nous
voulons entendre, par état présent, position depuis bon
nombre d'années.

Sous la direction de MM. Lafeuillade et Duval, les recettes
s'élevèrent (si nos renseignemens sont exacts, et nous
avons tout lieu de le croire) à la somme de 670,000 fr. La
troupe était très-belle; il y eut néanmoins 100,000 fr. de
déficit.

Faut-il conclure que nos théâtres nécessitent 800,000 fr.
pour subsister ? Ce chiffre nous paraît énorme. Mais les
dernières années ont donné des recettes de 3 ou 400,000 fr.,
avec des troupes dites complètes, et, bien entendu, les
recettes étaient insuffisantes.

Quelle subvention faudrait-il donc pour avoir un spec-
table convenable et bon ?

Disons-le franchement, une subvention, fût-elle considérable et du double de celles qui ont été accordées jusqu'à
ce jour, qu'elle ne suffirait pas. Elle pourrait, par exemple ,

en étant humainement répartie, venir en aide à de pauvres artistes et employés dont les appointemens sont descendus à si peu de chose, que nous ne savons comment ils peuvent équilibrer leurs dépenses.

Quelques villes donnent des subventions considérables, eh bien ! le mieux qu'elles en éprouvent n'est pas complet. Quant à la nôtre, c'est différent; elle ne délie que très-difficilement les cordons de sa bourse. Est-elle persuadée du peu d'effet que son argent produirait quant à une guérison radicale, ou bien est-elle peu soucieuse de la valeur des spectacles offerts, une fois la salle ouverte ? Nous ne savons ; mais ce que nous voyons, c'est que, malgré les catastrophes successives elle ne manque jamais de directeurs.

Ces directeurs, nous les diviserons en deux catégories : la première est composée le plus souvent d'artistes peu expérimentés des affaires et peu administrateurs; la deuxième catégorie est composée d'hommes connaissant beaucoup les affaires, quelquefois un peu trop même, mais en échange ne se doutant ni des arts, ni des artistes. Voilà pour les qualités.

Au point de vue pécuniaire, il y a encore deux catégories. La catégorie de ceux qui possèdent de l'argent, elle est clair-semée ; et la catégorie de ceux qui n'en possèdent pas, elle est fort nombreuse. Il va sans dire qu'on préfère les candidats de la première catégorie, on les admet; on leur donne la clef de ces catacombes où ils enterreront probablement leur fortune et leur nom.

Faute de ces premiers possédant de l'argent, on prend ceux qui n'en possèdent pas ; ils n'offrent guère que des garanties illusoires ; mais, en conscience, peut-on leur en demander d'autres ? Comme les premiers, ils s'aventurent donc dans ce dédale infernal, appelé une direction de théâtre en province, et alors, gare aux beaux-arts ! gare aux artistes !

En résumé, les hommes assez hardis pour entreprendre, à leurs risques et périls, une pareille administration, ne sont que de très-grands imprudens ou des hommes ayant une très-grande confiance dans leur propre capacité, dans les mille résultats d'une habileté exercée, et malgré tout cela, combien n'en voyons-nous pas échouer !

On a souvent essayé dans plusieurs grandes villes d'entreprendre l'exploitation des spectacles au moyen de compagnies d'actionnaires organisées avec de bonnes conditions.

Les artistes se sont généralement bien trouvés de ces sortes de combinaisons qui assuraient leurs appointemens, mais elles étaient de peu de durée, les actionnaires se lassaient de perdre de l'argent. Ces essais avaient lieu, tantôt

dans une ville, tantôt dans une autre, jamais dans toutes à
la fois. Ces compagnies n'avaient point assez de pouvoir,
assez d'ensemble pour réformer le répertoire de tous les
théâtres de province au même moment, ce qu'il aurait fallu
faire. Aussi, de cette impossibilité et des pertes d'argent
continuellement éprouvées, il est résulté cette expérience :
que l'industrie particulière ne saurait être assez forte pour
entreprendre la restauration des scènes départementales.

Ces entreprises d'actionnaires passèrent de mode, on y
renonça; alors revint le marasme où nous gisons, et qui a
fait des priviléges de théâtre ce que nous voyons.

En récapitulant tout ce que nous avons dit, que chacun
a pu voir comme nous, on demeure convaincu que le mal
est profond, et qu'il faut plus qu'une subvention et plus
que des particuliers isolés ou réunis pour réédifier les
théâtres.

Ces maux ont frappé les regards du gouvernement, la
circulaire du ministre en est l'évidente preuve ; il demande
que l'on fasse jaillir la lumière sur la question qu'il veut
résoudre à la satisfaction des arts et des artistes. C'est guidé
par cette demande que nous avons écrit.

En présence de toutes les difficultés que nous avons seulement esquissées, on est découragé, et la première conclusion est celle-ci : Les théâtres de province sont perdus, ils
ne se relèveront jamais.

Nous allons tâcher de combattre ce langage désespéré et
essayer d'indiquer quelques moyens que nous croyons propres à remédier au mal, et à rétablir enfin les théâtres des
départemens sur des bases artistiques et durables.

RÉÉDIFICATION DES THÉATRES DE PROVINCE.

Nous avons, fait un tableau de la décadence ; cherchons
maintenant quels moyens pourraient rétablir de bons
théâtres. Mais avant d'offrir notre plan, exposons quelques
considérations générales.

Trois hypothèses se présentent. Voyons-les, dégageons
celles qui nous paraissent mauvaises, et étudions celle que
nous préférons.

Première hypothèse : La liberté entière à qui voudrait
ouvrir (sous la surveillance de l'autorité, bien entendu)
tel spectacle qui lui conviendrait;

Deuxième hypothèse : Les théâtres tels qu'ils existent,
avec les résultats que nous savons;

Troisième hypothèse : Les théâtres par privilége comme
aujourd'hui, mais ayant force d'INSTITUTION NATIONALE.

La liberté, selon nous, serait le dernier échelon de l'art.
Elle produirait immédiatement une concurrence qui, dcve-

nant aussi chanceuse qu'une course au clocher, n'aboutirait qu'à des cabrioles.

Néanmoins cet état, tout mauvais qu'il pourrait être, nous semblerait encore plus logique que ce qui est depuis longtemps. Car enfin, puisqu'on veut savoir la vérité, il faut bien avoir la franchise de la dire tout entière.

Les priviléges délivrés par l'état ne sauraient être perpétuellement des brevets de faillite et de ruine. C'est ce que le gouvernement actuel a compris, puisqu'il veut réformer cette organisation vicieuse.

Ainsi, pas de liberté entière des théâtres en province.

Pas de continuité de la situation présente, reconnue mauvaise par expérience.

Restent les priviléges appuyés, soutenus et subventionnés et ayant force *d'institution nationale*. C'est à cette dernière hypothèse que nous nous rangeons. Sa réalisation offre des difficultés grandes, mais que nous ne croyons pas cependant invincibles.

Sous l'influence de l'esprit d'intérêt matériel qui caractérise notre époque, on considère parfois les beaux-arts comme des superfluités. Quant au théâtre littéraire et purement artistique, on le déclare souvent inutile. Tel n'est pas notre avis.

Les théâtres, *réellement d'art*, sont indispensables aux populations qui peuplent les grands centres des provinces de France. Puis, sans entrer dans de longs détails sur un sujet qui a été déjà tant débattu, nous adresserons à ces utilitaires exclusifs qui répètent sans cesse que les théâtres doivent subsister de leurs seules recettes, un langage aussi barbare que le leur, et nous leur dirons : Agissez à l'égard des musées et des bibliothèques comme vous voulez agir à l'égard des théâtres; faites payer à la porte, que ces établissemens subsistent aussi de *leurs recettes*, et vous verrez bientôt disparaître musées et bibliothèques.

A notre comparaison, on objectera que les frais des établissemens par nous désignés sont bien moins considérables que ceux qui seraient nécessités par l'ouverture permanente d'un bon spectacle.

Qui sait? Ces frais tant redoutés ne seraient peut-être pas aussi grands qu'on les suppose *si une bonne organisation nationale* était appliquée à toutes les villes de province. En outre, ces entreprises donneraient aux cités un mouvement commercial bien autrement supérieur à celui qui pourrait résulter d'une barbare exploitation des musées, des bibliothèques, ou de toute autre institution publique.

Il faut donc, selon nous, un appui réel aux théâtres d'art qui ne peuvent se suffire.

Mais qui payera ? Est-ce l'état ou les municipalités, ou tous les deux ensemble ?

L'état, jusqu'à ce jour, s'est peu occupé de la province ; il a aidé les théâtres de Paris, et tout s'est borné là. Nous avons le pressentiment d'un meilleur avenir de ce côté.

Quant aux municipalités, on leur dit : Si vous voulez un bon spectacle, payez-le. Parfois, les municipalités répondent qu'elles n'y tiennent nullement. Puis elles ajoutent : Nous manquons de rues, nos quartiers sont affreux, ils ont besoin d'être améliorés. Ces choses, de première nécessité, doivent marcher avant les plaisirs du théâtre, dont on peut fort bien se passer ; enfin, mille autres objections, toutes plus respectables les unes que les autres.

Que dire, soit à l'état, soit aux villes ?

Qu'il n'en est pas moins indispensable de protéger, de réédifier les bons théâtres dans les grandes villes, et qu'il est beaucoup à désirer qu'on y avise.

Selon nos vues, les villes devront subventionner, *mais seulement après organisation générale bien établie par une loi.* L'état, à son tour, aura sa part des charges des scènes de la province, comme la province a depuis longtemps sa part des charges théâtrales des grandes scènes de Paris.

En effet, qui paye pour les théâtres subventionnés de la ville de Paris ? Est-ce la ville de Paris ? Non, c'est la France.

Qui en jouit ? Paris. La France en profiterait, il est vrai, si les théâtres de province étaient en activité ; mais lorsqu'ils sont fermés, lorsqu'ils ne peuvent pas vivre, où sont pour les provinces les jouissances artistiques dont elles payent leur large part ?

Les grandes scènes de la capitale de la France sont considérées comme nationales, et c'est bien. Pourquoi cette considération ne serait-elle pas appliquée aux scènes de province ?

Nous savons que la France doit tout faire et qu'elle fait tout pour la capitale, en vue des développemens d'une centralisation d'art formant un vaste foyer d'où jaillit une clarté plus pure et plus éclatante. Rien de mieux ; mais cette centralisation approuvée par nous est-elle bien conséquente avec ses motifs d'exister si elle ne rayonne pas sur le pays tout entier ? si elle ne sert qu'à l'éclat d'une localité, ne rentre-t-elle pas alors dans une question de clocher, ce clocher fût-il celui de Notre-Dame de Paris ? Toutes les illustrations, tous les gens de progrès de la France convergent sans cesse vers ce grand centre où tout grandit. A son tour cette heureuse ville ne doit-elle pas renvoyer quelques-unes de ses richesses à ces provinces de France qui lui donnent ce qu'elles ont de plus beau, de plus élevé en intelligence ?

Nous sommes convaincu que tels sont les désirs et les sentimens de la ville-mère. Mais comment peut-elle réaliser ses désirs si on n'ouvre pas des portes à ses envois, si l'on ne met pas au jour les travaux qu'elle élabore journellement et qu'elle nous offre tout achevés ? Il faut bien alors qu'elle borne sa propagande d'art et de progrès à sa population flottante, et qu'elle l'appelle à elle, puisqu'elle trouve un si pauvre accueil, un si pâle écho, lorsqu'elle vient parler en ses provinces.

D'après ces considérations générales, nous concluons à demander que l'état et les municipalités viennent en appui et secours aux théâtres des départemens.

En échange, ces dépenses nouvelles seront justifiées par la régénération de l'art théâtral.

Toutes les administrations qui seront subventionnées d'après un mode que nous indiquerons, seront tenues de donner un spectacle composé de pièces représentées à Paris, sur les théâtres également subventionnés; ce sera le principe de la capitale appliqué aux provinces.

Ici, il nous faut absolument établir une distinction entre tous les genres joués sur nos scènes départementales. Ils sont nombreux; néanmoins nous n'en ferons que deux classes :

Première classe : Les pièces du Théâtre-Français, de l'Opéra, de l'Opéra-Comique, de l'Odéon, de l'Opéra-National.

Deuxième classe : Les pièces jouées sur les scènes abandonnées à leurs propres ressources, depuis le Vaudeville jusqu'aux Funambules.

Mais ces deux catégories une fois en présence, si on les laisse agir concurremment, la deuxième tuera la première, et l'art pur, qui ne s'adresse qu'aux intelligences d'élite, périra sous les succès des plaisirs vulgaires, qui sont mieux compris de la généralité.

Par esprit de liberté, nous laisserons aller à son gré la deuxième classe; par esprit d'art et de bon goût, nous demanderons aide, protection, subvention pour la première classe.

L'ivraie pousse d'elle-même, le bon grain a besoin de culture.

Il est un fait triste à constater, mais qui est un fait réel :

Les œuvres qui s'adressent aux intelligences distinguées ne produisent pas souvent la fortune; on doit donc poser en principe cette vérité, aux conséquences de laquelle il faut obéir, sous peine de laisser mourir tous les beaux-arts : sculpture, peinture, musique, haute littérature. Cette vérité, la voici :

Les plaisirs publics qui reposent sur les œuvres *élevées* de l'esprit ne peuvent point suffire aux nécessités matérielles de leur existence et de leur mise en lumière.

Notre appréciation sur les divers genres blessera-t-elle les auteurs de pièces légères ? Nous espérons qu'il n'en sera rien ; car ils sont les premiers à dire qu'ils ne travaillent ainsi que parce qu'ils y trouvent profit, tandis qu'ils récolteraient misère dans le chemin de l'art.

Il y a donc lieu de soutenir l'art de tous nos efforts, puisqu'il ne peut vivre de lui-même. Par lui, nous améliorerons nos idées ; par lui, nous marcherons dans la voie du véritable progrès ; et, puisque l'art, puisque la saine littérature peuvent devenir aussi avantageux que glorieux pour le pays, le pays pourra bien leur consacrer de vrais temples.

Nous avons dans cet article de réédification, premièrement, posé trois hypothèses de spectacles et adopté celle que nous soutenons ; deuxièmement, nous avons tâché de combattre toutes les difficultés, surtout celles d'argent ; troisièmement, nous avons demandé que l'état et les municipalités vinssent ensemble au secours des théâtres de la province. Supposant notre demande admise, nous avons fait pressentir le bon emploi des fonds ; pour cela nous avons classé deux genres de spectacles. Maintenant, nous allons exposer notre plan, que nous avons tâché de rendre court en n'embrassant que les questions fondamentales ; enfin, pour le présenter plus clair, plus palpable, nous lui avons donné la forme d'un projet de loi.

INSTITUTION NATIONALE DES THÉATRES DE LA PROVINCE. (1)

1° Dans les villes possédant deux salles, la plus grande sera affectée aux pièces jouées à Paris sur les théâtres tels que les Français, l'Opéra, l'Opéra-Comique, le Théâtre-Italien, l'Opéra-National, l'Odéon ;

2° Quatre jours et le dimanche seront fixés invariablement pour les spectacles de première classe.

La deuxième classe sera jouée sur le théâtre secondaire, qui sera ouvert tous les jours. Les deux théâtres seront

(1) Il va sans dire qu'en prenant ce titre, nous n'avons pas eu la pensée de faire de l'état, un entrepreneur de spectacles ; nous ne nous sommes inspiré que de ce qui existe à Paris pour le Théâtre-Français, l'Opéra, l'Opéra-Comique, le Théâtre-Italien, l'Odéon, qui, subventionnés par l'état, ressortissent d'une institution nationale, et sont pourtant gérés par des entreprises particulières.

rangés sous la même administration, afin d'éviter une concurrence qui pourrait nuire à leur existence simultanéé.

Dans les villes n'ayant qu'un théâtre, on alternera les genres pour obtenir un résultat analogue.

APPUI DE L'ÉTAT.

1° La musique et les ouvrages des théâtres de première classe seront fournis par l'état, d'après des règlemens qui en garantiront le remplacement par les administrations qui les auraient détériorés.

2° Pour indemniser les localités qui seront obligées à des dépenses que nous indiquons ci-après, et pour répandre la facilité de s'instruire partout, l'état abandonnera les ouvrages et la musique aux villes, qui devront en enrichir leurs bibliothèques publiques lorsqu'ils ne feront point partie du répertoire de l'année courante. Il y aura ici grand bienfait, notamment en ce qui concerne les partitions à orchestre qui sont chères à acquérir, qu'on ne trouve que rarement à louer dans le commerce et dont les bibliothèques publiques des villes sont totalement dépourvues. Par cette mesure, soulagement de frais à l'entreprise, richesse pour les bibliothèques des villes, modèles précieux pour les jeunes compositeurs qui pourront travailler partout et se mieux préparer au perfectionnement de Paris. Tout cela avec de faibles dépenses pour l'état.

3° Le droit des pauvres ne sera prélevé que sur les bénéfices nets de l'entreprise, après inventaire dressé à la fin de chaque année par la direction, sous vérification d'un délégué de la ville ;

4° Dans le but d'exciter les administrations à monter les œuvres de première classe, l'état payera en entier les droits d'auteur desdites œuvres.

D'après un calcul approximatif établi sur le nombre des villes ayant ordinairement théâtre avec troupe sédentaire, nous estimons que cette dépense, pour l'état, flotterait de 100 à 150,000 fr. au plus par année.

5° Considérant que les jeunes compositeurs ayant obtenu le prix de Rome, ont difficilement la possibilité de se faire jouer une première fois à Paris, l'état pourra désigner, chaque année, deux des plus grandes villes qui seront tenues de jouer un opéra de ces jeunes artistes. Il y aurait avantage pour tous, même pour Paris, car ces jeunes maîtres s'y présenteraient dans un second ouvrage, qui serait fait d'après le progrès acquis par l'expérience qui résulte de s'être entendu exécuter.

APPUI DES MUNICIPALITÉS.

1° Les salles de spectacle devront appartenir aux villes, ce qui existe déjà dans le plus grand nombre ;

2° Les décorations nouvelles ainsi que le matériel nouveau fournis par une direction pendant la durée de son exploitation, seront acquis par les villes, à 50 p. 0/0 au-dessous du prix de revient ;

3° Les villes alloueront une subvention dont le chiffre sera fixé par le conseil municipal. Les besoins de l'administration théâtrale seront le point de départ d'appréciation pour fixer le chiffre de la subvention de chaque année, sans qu'il soit possible cependant de la descendre au-dessous d'un minimum ou de l'élever au-dessus d'un maximum qui seront préalablement établis ;

4° La comptabilité pourra être contrôlée par un délégué de la ville.

INFLUENCE DE L'ÉTAT ET DES VILLES SUR LE PROGRÈS ARTISTIQUE ET LITTÉRAIRE DES THÉATRES.

Considérant que la variété dans le répertoire est le plus sûr moyen de ramener la foule au théâtre et de mettre en lumière tous les chefs-d'œuvre de nos grands maîtres, le préfet et le maire nommeront une commission composée ainsi qu'il suit : un tiers de conseillers municipaux, un tiers de gens de lettres, un tiers d'artistes|musiciens étrangers|à la troupe en activité.

Cette commission aura pour but de choisir chaque année dix ouvrages tragiques, lyriques ou dramatiques, parmi les œuvres délaissées des bons auteurs morts, ou parmi les bons ouvrages qui n'auraient pas été joués depuis vingt ans. La direction sera tenue de les représenter dans l'année, et cela sans préjudice des pièces nouvelles des auteurs vivans, qui seront laissées au choix de la direction. Il est bien entendu qu'il ne s'agit dans tout cet article que des œuvres de première classe.

Cette mesure importante adoptée, les artistes s'occuperaient des études que nécessite l'interprétation de ce répertoire composé de chefs-d'œuvre.

Toutes les villes agissant ainsi, en même temps, le nombre des pièces à offrir au public deviendrait considérable, et les grands hommes du théâtre ne vivraient pas que dans les statues qu'on leur érige avec tant de vénération depuis qu'on a délaissé leurs œuvres.

Le théâtre, ainsi réédifié au point de vue de l'art et des convenances, pourrait être présenté comme un lieu de plaisirs dignes et recherchés. Ne serait-il pas permis alors d'émettre le vœu que le chef de l'état engageât les premiers fonctionnaires d'une cité à avoir des loges au spectacle ? Cette invitation de coopérer à une œuvre reposant sur les joies élevées de l'intelligence, serait bien certainement accueillie avec empressement par toutes les sommités. Leur présence serait un centre autour duquel se réunirait, comme toujours, l'élite des habitans, et alors on verrait les premières places, d'ordinaire si désertes, journellement remplies et toute la salle avec elles.

Avec de pareilles chances de réussite et de prospérité, l'état et les villes pourraient trouver des directeurs offrant toutes les garanties possibles, au point de vue administratif, et en outre, possédant des connaissances littéraires artistiques parfaitement notoires.

—

Nos idées vont sembler peut-être le résultat d'un rêve, tant elles diffèrent de tout ce qui existe. Cependant, nous ne désespérons pas de voir prochainement la réédification des scènes de la province opérée par des moyens analogues à ceux que nous proposons en ce moment.

Que la pierre apportée par notre travail à la reconstruction de l'édifice trouve sa petite place parmi les améliorations déjà prises, nous n'en doutons pas, par les auteurs d'une prochaine loi sur les théâtres des départemens, c'est là toute notre ambition, et un peu notre espérance.

Quant aux projets qui ont pour base la seule spéculation particulière, nous n'y aurons jamais foi, tant nous en avons vu mourir à la peine sans rien produire de profitable aux arts. Notre confiance n'est réellement acquise qu'à l'espoir d'une INSTITUTION NATIONALE APPUYÉE SUR L'ÉTAT ET SUR LES VILLES.

Nous ne rappellerons que pour mémoire les spectacles libres, c'est à dire ramenés aux conditions de toutes les autres industries. Selon nous, ce serait la perte complète de l'art.

Espérons plutôt, pour la gloire et la splendeur intelligente du pays, que le gouvernement de Louis-Napoléon mettra à exécution l'œuvre régénératrice qu'il nous a annoncée, et que les théâtres de France seront toujours les premiers du monde.

(Extrait du Nouvelliste de Rouen *, des* 12 *et* 13 *septembre* 1852.)

ROUEN.—IMP. DE H. RIVOIRE.